KB261016

임영모 제12시집
바람의 얼굴

국립중앙도서관 출판시도서목록(CIP)

바람의 얼굴 : 임영모 제12시집 / 지은이: 임영모. — 서울 : 한누리미
디어, 2011
    p. ;   cm

ISBN 978-89-7969-407-9 03810 : ₩10000

한국 현대시[韓國 現代詩]

811.7-KDC5
895.715-DDC21   CIP2011005081

한누리미디어

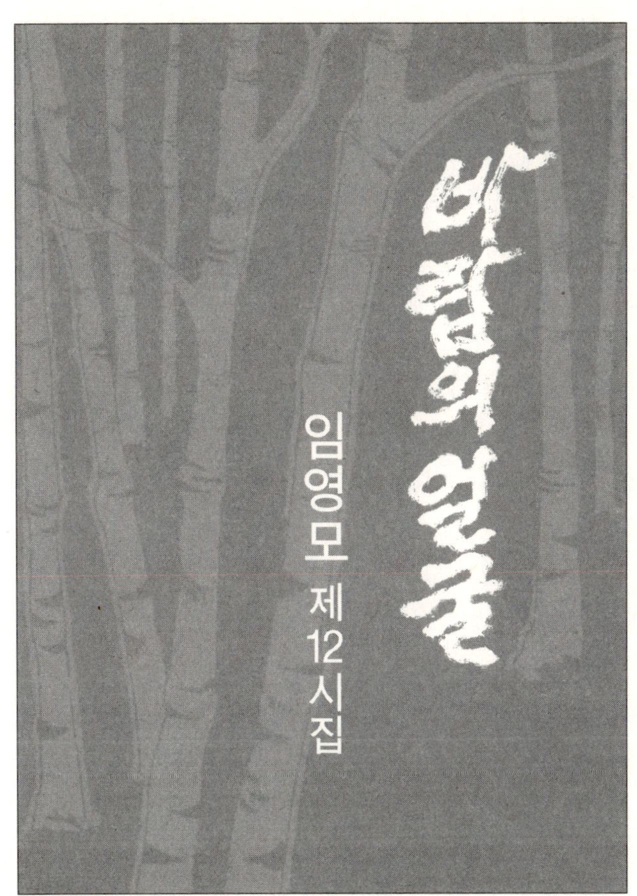

한누리미디어

시인의 사색

세상에 인연이 있어 그 인연 따라 와서
숱한 인연을 맺고 살아가는
인생살이 발자국 속에 사계절 피고 지는
희로애락의 구구절절 세월 바람보다 더 깊게 짜여진
인생길 사연사연 버릴 수 없어
감성으로 보듬고
시가 되어 다시 세월길에 실어 보낸다.
아무리 둘러 봐도
얼굴에 붙어 있는 인간의 눈으로
지나온 세월의 그림자를 찾아낼 수 없는
세상 속 긴 꿈의 여행길에서
나는 어디만큼 가고 있는지
누구에게 물어볼 사람도 없으니
세상 삼라만상을 예술에 품어
시로 추상하며 관념을 그려갈 때
자연의 생명과 사랑 속에 잉태하는
시어가 사색의 말문을 열 것이다.
시인은 사람의 눈과 발길이 닿지 않는
어둠의 저편까지 황홀한 꿈을 꾸어내듯
모든 감성의 숨결이 되어야 한다.
생명이 있는 저마다

● 임영모 열두 번째 시집

사물의 아름다운 의미를 통찰하는
세상의 감동이 되어
아무것도 없는 텅 빈 공백에서
미학의 굿판을 울리는 바람의 리듬이 되고
구름의 춤사위가 되어야 하는
사랑의 창조자적인 길 위에서
돌멩이 하나 풀 한 포기 느낌에 젖어
님 마중하는 설렘과 그리움으로 진실한 자연을 어루만지며
마디마디 인생을 풀어가야 할 으뜸 예술이니
오늘도 끝도 갓도 없는 영원의 소리를 들으며
시로 세상의 마음을 짓는 것이
시인의 팔자가 아니던가.

언제나 햇살 나기 전
풀잎에 맺힌 이슬 같은
영롱한 사색으로 있어야 할
새벽 같은 시인의 길
빈 마음으로 겨울 속을 향하는
낙엽의 홀가분한 노래와 춤이 되어
세상을 담고 인생을 품고
세월을 부른다 세월을 부른다.

인생길 길동무

구름에 실은 이야기

II

천상의 종소리

3부

● 임영모 열두 번째 시집

사색의 발걸음

인연이 가는 꿈

6부

초로의 인생살이

15

1부
인생길 길동무

인생길 길동무

인생길에 수도 없이
마주치는 낯선 사람들 어디로 가는지
옷깃만 스쳐도 인연이라
무색하고 관심도 없다.

바삐 앞만 보고 가는 발걸음에
얼굴에는 세월이 그린 얼룩들이
오만 가지 색깔들로 오묘한 조화를 이룬다.

가는 발길 붙잡고 내 마음 털어 넣을 인연
눈 씻고 찾아봐도 사람 속에 길을 잃고
가는 바람 여미며 꿈속인 듯 번뇌에 잠긴다.

그래도 가야 할 길 인생의 희로애락
마음과 생각을 세상의 흔적으로
굽이굽이 남길 수 있는 인연된 동반자가 없다면
외롭고 고독한 인생길
얼마나 두렵고 무서울까
나를 사랑해 줄
내가 사랑할 인생길 길동무는 누구일까.

● 임영모 열두 번째 시집

동백꽃 님의 환상

하얀 눈꽃 송이로
머릿결에 댕기 삼고
푸른 손가락
마디마디 옷자락에
다소곳이 모으며
겨울을 태우는 동백꽃
님의 마음까지 붉게 물들인다.

앉은자리 옹상해도
눈 먼 세월길
겨울바람 붙잡고
봄날을 다독거린다.

그렇게 떠돌다 지친
덧없는 상념까지
설한을 뜨겁게 그리는
동백의 그리움 앞에
조각조각 꽃잎으로 포개진
님의 느낌을 맞춘다.

세월과 인생

눈 깜짝할 사이 마음 틈새로
새어나가 버린 세월 바람
누굴 향한 발걸음일까
숨 돌릴 틈도 없이 잘도 간다.

저만치 가는 세월 상상을 모아
인정머리 없는 마음
허공에 그려 보지만
휘날리는 눈꽃 송이
망연한 눈길 사로잡고
잃어버린 빈자리 채워 준다.

온다 간다 말도 없이 설익은 꿈인 듯
세월이 남기고 간
길 모퉁이 돌아서면
그래도 사연 젖은 추억의 발자국
그리움으로 남아 있을까

생각을 끌고 가는 무거운 발걸음 멈추고
지는 해 따라 지나온 굽은 나날들
고개 돌려 둘러봐도

희미하게 보이는 건
잘 가라는 들꽃의 손사랫짓뿐

눈 덮인 자리처럼
나의 인적은 보이지 않고
주인 잃은 노랫가락만
휑한 바람결에 실어 오니
길 잃은 철새 한 마리
내 마음인 듯
무작정 하늘로 날아간다.

눈 오는 날 서정

주인 떠난 까치집에도
수북이 쌓인 눈
세상을 온통 하얀 깃털로 덮는다.

그 옛날 어머니의 이야기 보따리보다
더 많은 궁금증을 털어놓으며

겨울은 숨소리도 쉬쉬하며
환상에 젖은 추상곡으로
자장가를 부른다.

오늘 같은 날
마음이 하얀 눈 같고
생각이 맑은 바람 같은
꿈을 같이 꾸고 싶은 사람과

눈 밟은 발자국에 그리움을 채우며
눈덩이처럼 불어나는 추억을
눈사람처럼 만들고 싶다.

빈 나뭇가지에 소리 없는 미소로 내리고

빈 바위에도 가만가만 내려앉은
순백의 순정으로 다가가고 싶다.

그러다 한 눈금의 햇살이 눈을 뜨면
어느새 이 날의 정을 안고
추억으로 흘러 갈지라도.

친구를 위한 기도

내가 친구에게 무엇이 될까 하니
사시사철 나무와 같은 존재가 되어

봄날에는 꽃으로 피어나서
향기가 되고
여름날에는 땡볕을 가리는
푸른 그늘이 되고
시원한 바람이 될 것이라.

가을날에는
잘 익은 열매를 거두게 하여
배불리게 할 것이고
겨울날에는 친구를 위해
모든 마음을 비우고

친구가 잘 되기를 기도하면
친구도 나에게 그렇게 할 것이니.

겨울의 여정

겨울바람이 남기고 간
조각난 세월의 흔적들
살얼음판을 밟고 지나간
차디찬 긴장 속에
밤낮으로 잠들지 못한
거리에 텅 빈 가슴으로
말없이 내려앉은
한 점의 빗줄기가
겨울의 눈빛을 닦아주고
고된 세월을 잠시 쉬게 한다.

인생길 메아리

세월은 옆눈질 한 번 주지 않고
세상의 벽을 허물고 간다.
사람 마음 틈새를 비집으며
창조의 꿈길을 찾아
추억의 발자국을 찍고 간다.

바람도 돌보지 않는
들판에 메마른 들풀들마다
생명을 소중히 다독거리며
웅상한 산비탈에
벌거벗은 발등을 내놓고
인정 없는 찬바람에
오돌오돌 떨고 있는
늙은 고목나무 뿌리에
세월의 흔적을 남기고 간다.

그렇게 외로워도 고독해도
세상을 보듬고
깨달음을 주고 간 자리
삶의 애착을 찾는
꿈꾸는 희망에 물음표를 그려준다.

누구도 가지 않는 길
먼저 길을 놓고
사람들을 따라 오라
손짓도 하지 않지만
강물에 얹혀 가는
맥 없는 가랑잎 신세로
세월의 물결 따라
쉴 새도 없이 부지런히 간다.

끝도 갓도 없는 세월길에서
사람마다 사람의 마음을 따라
인생사를 꿈꾸는
지친 삶의 고함소리
하늘 우러러 외쳐 보지만
넓은 세상에 메아리처럼 흩어질 뿐
그나마 인생살이 안쓰러운 듯
인생길 메아리
산천의 녹수가 마음을 씻어준다.

겨울 나그네

눈꽃 송이
머리에 댕기 매고
계절마다 추억 이야기
옷자락 깊이 속
나이테에 숨긴 채
숨어 우는 바람소리
온몸에 겹겹이 보듬고 서서
푸른 솔잎 향기로
새소리 목청 돋아
산자락 가슴을 울릴 때
바위틈을 비집는
물결소리
꿈이 깨면 피어 있을
겨울 나그네
연분홍 진달래가 그립구나.

아지랑이 손길

아지랑이 손길
긴긴 엄동설한을
생명으로 꿈꾸던
아지랑이가
두터운 땅을 뚫고
세상과 만나
노래하고 춤추듯이
님이 주신
인연의 향기가
세상 벽을 뚫고 나와
황량한 내 가슴에
아지랑이 선율 되어
아름다운 님의 마음
생명의 봄빛으로
피어납니다.

바람의 애인 들꽃

긴긴 겨울 눈과 얼음
온통 머리에 이고
그리운 님을 위해
생명을 잉태하는
들판의 애인 들꽃
지금쯤 오밤중 꿈속을 지나
한두 겹 어둠이 벗겨진
새벽녘 길목에서
동틀 산마루를 찾아가
님 맞을 꽃단장 미소로
설레는 가슴 들판을 무대 삼고
아지랑이 선율 삼아
님을 맞을
노래할 채비를 서두르고 있겠지.
오가는 세월 본체만체 스쳐가고
길가는 길손 눈길 한 번 주지 않아도
햇살을 바라보면 항상 웃고
바람이 불어오면 쉴새 없이 춤을 추는
들꽃의 자유가
탁한 세상의 마음이고
사람의 생각이고 싶다.

인생 발자국

인생 발자국
거칠게 몰아치는 비바람 속을 걸으면서도
펄펄 내리는 하얀 눈 위를 밟으면서도
어디를 가고 있는지
말문이 열리지 않는다.

우리는 세월의 여정에서
앞이 없는 꿈속처럼
한치 앞을 볼 수 없을지라도
세상길 같이 가는
나그네임은 확실하지 않는가.

그래도 보이지 않는
꿈길을 찾아
변화무쌍한 인생 여행길에
외롭게 혼자 남긴 발자국보다
둘이 걸어가는
그림자 같은
발자국 하나 더 남기면 어떨는지.

세상길에

산천에 아름다운 꽃도
자기 자신을
다른 꽃과 비교하며 피지 않는다.

나뭇가지에 앉아 울어대는 새도
다른 새들과 비교하며 날지 않는다.

여린 꽃도 작은 새도
저마다 타고난 특성을 잘 드러내면서
대자연과 더불어 조화를 이루며
자신들의 터전을 가꾸며 살아간다.

그런데 사람인 나
세상에 와서
저 꽃과 새와 사물처럼
제몫을 하며
나 자신의 길을 가고 있는가.

진정 나답게 살고 있는가
아니면 남처럼 살고 있는가

내가 가는 길
그 누구의 삶도 아닌
내가 가는 길
바로 내 삶을 만들어 갈 뿐이다.

무엇을 버리며
무엇을 이룰 것인가
가질 것도 많지만
버릴 것이 더 많은 세상길에.

물 위에 비치는 달과 별

강물에 비춰지는
정갈한 여인의 마음 같은
고운 달덩이 옆에
어쩔 때는
시샘하는 구름에 막히고
또 어쩔 때는
출렁이는 물결에 따라
꼭꼭 숨어 버린다.

그래도 별빛은
빛나는 영혼으로
불멸의 인연으로
항상 그 자리에 있으니

사람의 사랑도
변함없는
별과 달 같았으면
얼마나 좋을까.

세월의 이정표

세월은 바람보다 빠르니
눈에 보이지 않고
할 일은 태산처럼 많은데
손에 잡을 수 없고
생각은 구름처럼 밀려오는데
세상 물결은
내 발길을 밀어낸다.

낮 밤을 넘나드는 세월 따라
인생은 꼼짝없이 늙어 가는데
나는 아직
어디로 가는지도 몰라
어둠 속에 서성이는
그림자 안에
추억을 남기며
이정표 없는 나를 찾아
눈먼 지팡이
길을 두드린다.

님이 오는 소리

지금 널따란 공중을
하얀 몸짓으로
풍만하게 채우며
꿈을 찾아가는
눈 내리는 소리가
인연이 걷는 발자국에
설렘의 숨결 같아
어둠이 그려지는
인적 없는 깊은 산골
눈 덮인 오두막에서
문 틈새로 들어오는
바람소리 리듬에 맞춰
추억에 젖는 노래 가락에
환히 속이 보인 눈꽃 송이
마음을 마시는
향기로운
차 한 잔의 그리움이
오두막 굴뚝에
달님을 맞이할
님의 소리
연기로 피어오른다.

● 임영모 열두 번째 시집

2부
구름에 실은 이야기

구름에 실은 이야기

새벽의 고요함을
찾아가는 길에
찬바람 소리가
창문을 두드리며
어둠을 깨우고 있습니다.

꿈을 생시로
불려 온 이 시간
님을 닮은 달 하나
나를 닮은 별 하나
이야기 보따리 풀어
구름에 싣고 갑니다.

토끼 발자국

세월 속으로 떠나가는
호랑이의 등을 어루만지며
하얀 구름 속에서
토끼 눈빛을 하고
붉게 떠오르는 일출 속에
눈 비비고 일어나서
세상을 향하여 껑충껑충 발걸음한
예쁜 토끼가 벌써 내 마음 속에
아가 발자국을 살짝 찍고
신묘년의 두 고개를 넘어 갑니다.

세상의 어딘가에
깊은 산 속
옹달샘을 찾아가는
토끼 발자국
마음에 담아
신묘년도 첫눈 길을 밟은
설렘의 하얀 영혼 하나
내 삶의 그림자로
늘 간직하고 싶습니다.

생명이여

님의 가진 마음이 무엇이길래
붓 하나에 님의 가슴을 담아
옹아리하는 아가의 영혼으로
이 마음 어찌하라고
황홀한 꿈결이 흐르는
상상의 신비로 끌고 갑니까.

그곳에는
은하수 꽃이 향기를 뿌리면
눈이 되어
널따란 하늘을
무대삼아 노래하고 춤추는
영혼의 상상을 찾아가고.

공기보다 더 미세하게
파고드는 그 음성이
저절로 이 내 몸 오선지가 되어
자연 만물을 연주하는
지휘자가 되나니
님의 가슴에서
봄빛처럼 피어나는

그림 속에
생명의 요소들이
사랑의 아우성을 칩니다.

님이여
님의 가슴에
또 다른 생명을
찾아가듯
온몸으로 그려 가는
그 선율이
온 세상에

눈꽃 송이 향연으로
시인의 마음을
둥둥둥 휘이파듯 두드립니다.

님의 목소리 행진곡

님이 말소리에
자연의 소리가 귀 기울이고
내 귓속으로 살아 숨쉬는
소리의 향기가 들어옵니다.

아지랑이 빛을 타고
난생 처음 듣는 소리
푸른 소년 시절
맑은 소녀의 그리움을 꿈꾸던
첫사랑 선율 같기도 했습니다.

오솔길 솔잎 사이로 불어오는
바람 소리에 이슬 떨어지는
음색이 흐르는 것 같았습니다.

큰 바위를 품고
부드럽게 곡선을 그려보는
풍경 소리 실은 물결 소리로 들려왔습니다.

아니면 비 오고 갠 날
일곱 색깔 무지개 피어오른

빨주노초파남보가
속삭이는 소리 같기도 했습니다.

님의 목소리에는
님의 말소리에는
목청 돋아 불려주는 산새의 메아리 모아
진달래 꽃 방긋 웃는
입 모양 같아 보였습니다.

님의 목소리는 들으면 들을수록
나의 가슴 속에서 생명의 숨결이 되어
숨 가쁘게 춤을 추고 있습니다.

높은 산도 곡선을 그리며 넘어가고
넓은 바다도 부드럽게 건너가는
바람결 같은 춤이 있고
눈이 있고 귀가 있고
무엇보다 강물에 비쳐지는 달처럼
님의 마음 속에
맑게 비춰지고 있었습니다.

앞으로도 님의 말은
이른 아침 숲속을 깨우는
눈부신 햇살 같은 기운으로
엉켜 있는 앉은뱅이풀까지
일어서게 하고 바위틈에 움츠려 있는
사물을 깨워서 말문을 틔우게 하여
소리를 내게 해 주십시오.

어느 날 오솔길을 걷다가
솔잎을 깨우는 바람 소리가 일면
님의 목소리로 귀에 담아
산새의 메아리와 함께
님을 그리는
노래를 부르겠습니다.

님의 목소리가 듣고 싶습니다
님의 목소리가 보고 싶습니다.

청산에 살며

세상을 풍경하는
구름 살결
고운 실 엮어

아가 눈빛 햇살로
수를 놓으며

허공을 떠도는
바람 모아모아
마음을 털고

산천을 조율하는
노랫소리
녹수로 사색 한 모금.

뱁새 걸음의 뒤안길

다리가 너무 짧아
가랭이가 찢어지도록 걸어 봐도
황새 걸음을 따라갈 수가 없다.

아무리 뒤뚱거리며 뛰어 봐도
황새처럼 날 수도 없다.

비단길도 고갯길도
피할 수 없는 삶의 길
거친 숨이 목에까지 차오른다.

낮게 걷는 사람의 땅에는
찬 서리 눈보라가
온몸에 쌓이고

거센 바람이 불어와도
가장 낮은 곳에서
맥없이 부딪쳐야 한다.

햇살도 낮은 자리에는
골고루 비춰 주지 않고

못 본 채 지나간다.

석양길 기웃거리는
황혼 물결이
못내 미안한지
알량한 세상 인심
눈꼽만큼 보여줄 뿐이다.

서럽게 울어 봐도
괴로움을 토해 봐도
그늘에서 흘린 눈물
세상의 높은 언덕에서는
절대 보이지 않는다.

그래도 참고 가는 길
꽃이 피고 새가 우는
산천에 주인공이 되기 위해

엄동설한을 잉태하며
세상에 향기를 팔지 않는
설중매의 인고로.

매화의 꿈

봄날의 문을 여는 매화가
꿈 하늘을 날으는
여인의 곡선으로
추상 같은 눈보라를 녹이며
매운 마음을 채우고
세월도 엉엉 울게 했던
길 잃은 찬바람을 품고서
순결로 절조를 키운 매화야.

너의 향기 봄마중 가는
우리 누이 치맛자락에 실어
세상의 거울 속에
향기로운 자태 비추니
아지랑이 소꿉장난으로
매화의 꿈인 양
봄 손님 발밑을 간지럽힌다.

설날의 여명

까치는 벌써부터
감나무 가지에 걸터앉아
설날의 전야를 노래하고 춤추고
사람들은 일년 중 가장 설레는
마음 담아 맨 먼저 일어나서
새해 아침을 품고
맑은 냉수 한 사발 속에 떠오르는 일출은
내 마음 속에 꿈을 깨우는
여명의 빛이 되어
새해 첫 인사를 나눈다.

나 어릴 적 고향 산천에서
동무 삼아 함께 뛰어 놀았던
토끼 한 마리 눈 비비고 일어나
일출처럼 붉은 눈으로
구름처럼 하얀 옷을 입고
껑충껑충 뛰어 오는
토끼 발자국에 축복 담아
발맞추어 따라가면
신묘년의 꿈을 채우는 길조가 되나니.

설날의 편지

단 하루도 쉬지 않고 꼬박 꼬박 찾아오는 날
365일 끊임없이 반복되는 나날들

일년 중 가장 좋은 날
누구나 차별 없는 시작에서
아름다운 소원 모아
꿈을 꾸는 설날이다.

해가 뜨고 해가 지고 돌고 돌아가는 날
사람들은 삶의 갈림길에서
허다하게 헤매고 갈망하다가
언제나 한해의 끝을 향해

그리고 또 한해의 시작을 위해
작년에도 그랬듯이 새해 설날의 꿈을 안고
그렇게 365일의 길을 간다.

365일의 끝은
사람이 만들어 놓은 끝일 뿐
시간은 정해진 끝도 갓도 없이
사람들의 꿈을 이루기 위해 날마다 날을 밝힌다.

또 하루하루 365일 길을 간다.
오는 계절 마음에 담고
가는 세월 생각에 이고
자연 속에 한 걸음 한 걸음

햇빛은 땅을 깨우고
달빛은 구름을 깨우고
바람은 산천을 깨우고

눈 감고 눈 뜨면 금방 사라지고
또 나타나는 신비한 그림자 형상들이
마치 숨바꼭질하는 양
허공에서 떠도는 깃털 빠진 구름처럼
사람들의 꿈들이 닿는 곳이 어디메냐

쉴 곳 없는 세월길에서 오직 설날에
마음 한 자락 내려놓고
새 해님에게 새 달님에게
사람들은 염원을 담아
365일 동안 읽어 갈
길을 닦는 편지를 쓴다.

그림의 꿈

어젯밤 어느 바람은
꿈속에서 꽃잎처럼 웃고 있는
님의 목소리를 보듬고
내 마음에 살포시 향기로 뿌려 주었습니다.

그 목소리는 생명의 곡조를
세상에 노래하는 아가의 울림보다
더 맑고 신선한 세월길 인생길
옛길을 찾아가는 메아리였습니다.

자유와 공간을 찾는
생명의 숨은 그림 속에
버려진 이야기를 담는 창조의 흐름이
한 송이 꽃잎에 피어나는
움직이는 웃음을 보았습니다.

그렇게 님의 마음을 내려놓은
널찍한 화폭에는 길을 잃고 서성이는
세상의 얼굴에서 자연의 근원을 찾는
문학과 철학의 영혼이
천지간 봄날을 꿈꾸며

겨울날을 잉태하는 흙속에
생명의 바람소리
아지랑이 빛 같았습니다.

그 자유의 춤가락에 바람인들 보여졌고
그 영혼의 소리가 마음을 뚫고 들려올 때
그 창조의 진화가 계절을 꾸려 가는
환상의 교향곡으로 느껴졌습니다.

눈으로 보는 그림
귀로 듣는 그림
마음으로 느끼는 그림
머리로 생각하는 그림
희로애락을 이야기하는 그림
형상을 환상하는 그림
상상으로 진화하는 그림
영혼 담아 숨쉬게 하는 창조적 그림

님은 어디쯤에서 그림 속의 생명을 꿈꾸는
신비로운 그림자의 마음을
그리고 있을까요.

봄을 노래하는 시인

그리움의 흔적
가는 세월을 본체만체
잔설은 바위 틈새에
그윽히 눈을 감고
추억을 되새기며
온몸을 움츠린다.

새벽 잠 없이 먼저 눈 뜨고
길 떠난 발걸음은
산허리 흔드는 세상 부름에
사람의 향기를 만나려
앞다투어 소리친다.

인정머리 없는 겨울 길손
발 밑에 숨어 있던 보리밭이
다독거리는 햇살 소리에
자리를 털고 일어선다.

부지런한 나비 한 마리
어느새 아지랑이 선율 타고
강아지풀 다리에 앉을까

개나리 손가락에 앉을까
기웃기웃 망설인다.

모든 꽃
단잠에 빠져 있을 때
으쓱 피어난 매화가
예쁜 봄처녀
첫 선이라
봄 길을 찾아가는
그 향기 바람 따라
시인의 마음을 노래한다.

종달새 나들이

들판 곳곳에
겨울이 떨치고 간 발자국
아직 덜 녹은 눈이
봄마중 가는 바람을
우두커니 바라보고
그 눈 밑에 봄날의 향기가
긴 잠자리를 만중거리고 있다.

겨울 내내
벌거벗은 마음으로
들판을 지켰던
눈물 없는 가시덩쿨
얼키설키 굽어진 허리에
구름이 비껴준
맑은 햇살이 돋고
그 아래는 봄을 깨우는
종달새 한 마리
종종걸음으로 옹아리한다.

영혼 속의 그림인가

사람 중에 가장 아름다운
영혼 속의 그림인가

님의 향기가 지나가는
길목에는 아무리
아름다운 꽃이라 해도

님의 아름다운
예쁨에 부끄러워
그 꽃이 비 맞은 핑계로
이파리 밑에 고개 숙입니다.

사람 중에 가장 아름다운
님의 향기가
지나가는 길목에는
아무리 아름다운
꽃이라 해도
비 맞은 핑계로
이파리 아래
고개 숙인 꽃을 봅니다.

친구야

봄볕 타고 세상을 풍광하던
푸른 하늘에
하얀 구름도 가는 길을 멈추고
손에 잡힐 만큼 온종일
운동장 머리 위에 떠서
우리들 노는 이야기를
숨죽이며 엿듣고 있을 때
지리산 천은사 골 돌 틈에 숨어 있던
오월 바람까지도 얼른얼른 내려와
덩달아 노래하고 춤추며
동무 삼던 그날에
우리는 생시 속의 꿈처럼
빛깔 고운 추상화 잔치 그렸네

어느새 석양 노을
축하의 꽃다발인 듯
봄꽃보다 더 예쁘게
향기로운 웃음 바다 물들어질 때
세상에서 가장 아름다운 친구 이름으로
세상에서 가장 소중한 추억을 만들었다네
나중에도 또 만나자는 석별의 목소리에

친구들의 마음을 담은 듯
눈치 빠른 새 한 마리 살짝 날아와
잘 가라는 인사마냥 손짓하는 날갯짓에
리듬 맞춰 노래하더라
아직은 푸른 초목의 청춘이 있는 남자 친구야
사월의 목련화처럼 우아한 자태로
나이를 그린 여자 친구야
마음은 항상 그 날의 동심에 심자.

중년의 하얀 꿈

영혼이 가져간 줄 알았다
중년의 사랑과 그리움을
한 치 앞도 못 보는
눈 먼 지팡이
삶의 여정을 두드린다.

허우적대며 걸어온 세월들
아무리 생각해도
가을 햇살 맞기 전 설익어 버린
풋과일 같은 인생이다.

추억과 낭만도
왠지 한쪽 귀퉁이 찢어져 버린
쓸모 없는 책 페지로 남아
한밤중 꿈꾸다 깨어난 삶이다.

점심 때 피어올라
햇살에 고개 숙이고
석양길 가다 사라진
길 잃은 연기 같아 보여
초저녁 찬바람만큼 서글프다.

그래도 쉬지 않고 세상을 향해
상상을 그리는 저 하늘
구름이 머물고 있는 한
나는 꿈을 꾸어야 한다.

내 인생 중년의 세월들
불혹이 가고 지천명이 가고
이순이 오고 그 이상 또 가고
그렇게 간다고 해도 말이다.

나의 꿈을 향하여
누구나 이룰 수 없는
첫사랑의 설레임으로
나의 삶을 친구처럼 애인처럼
이해와 배려로 이야기할 것이다.

비가 오는 날에는
우산 속에서 어깨를 맞대고
세월길을 걸어 갈 것이고
바람 부는 날에는 등을 기대며
상처난 세상길을 보듬을 것이다.

사계절 변함 없이 운행하는
소나무의 푸른 꿈속에
미움도 원망도 불만도 욕심도 집착도
밤새 소리 없이 소복이 내리는
눈꽃 송이로 안고 싶다.

하얗게 하얗게 중년과 노년의 삶을
꿈으로 가꾸고 싶다.
아침 이슬 같은 인생 초로라
문틈 새로 지나가 버린
바람 같은 세월 속에서.

3부
천상의 종소리

봄처녀 숨결

하늘 만치 먼 신비로운
꿈의 여행길을 훌쩍 떠나갔던 선녀

세상 물정 모르는 맑은 순정의 나무꾼은
꿈인 듯 생시인 듯 꽃샘바람에 엉엉 울며

세월도 피해 가는 앙상한 나무 등에
빗줄기도 본체만체
바짝 말라 버린 애타는 심정을

마른 고목에 새순이 돋는
봄 속 같은 속삭임이
어느새 마음을 깨우는
선녀의 미소를 머금고

방긋방긋 아가 입 모양새로
옹아리하듯 새싹이 돋아나니

봄처녀처럼 찾아온 반가운 손님
아지랑이 숨결로 땅을 간지럽힌다.

그 이름 인동초

그 어떤 꽃도
춥다고 피지 않고
움츠러 있을 때
인동초의 모습으로
엄동설한을 온몸으로 잉태했던
김대중
인재명호재피(人在名虎在皮)라
죽어도 영원히 사는 길은
역사에 이름을 남기는 것이니.
당신의 이름은 긴 역사가 되어
세상 천지에 신화가 되고
세월의 기억에 전설이 되어
이 땅에 바람처럼 소멸 없는
자유의 종으로
영원히 울려 퍼질 것입니다.

산수유 꽃

겨울 찬바람으로 몸을 씻은 산수유 꽃
땅 깊이 길을 잡은 억척스런 뿌리부터
가지 끝 꽃봉오리까지
세상의 기운 붙잡는다.

봄을 찾아 산자락에 걸터앉은
구름도 봄 향기 싣고 온 바람소리
노랫가락도 귀기울여
산수유화 향기를 맞는다.

물오른 가지마다 감추어진 빛깔
누구의 마음일까
피어나는 꽃잎마다
숨겨진 빛깔
누구의 그림일까

화가의 눈으로도 그릴 수 없어
시인의 마음에 산수유 꽃
청산의 소리로 꽃시 낭송하여
내 귀를 열어 담는다.

● 임영모 열두 번째 시집

세월아 네월아

인생길 한 치 앞은
손에 잡힐 듯 눈 앞에 보이는데.

두 치 앞은
긴 어둠 속 상상에서 꿈틀거리고
세 치 앞은 놀이처럼 꿈속에 있는.

바람은 인생길을 찾아 헤매고
구름은 세월길을 느끼며 품는데.

어느새 가다가 지쳐 헐떡거리는
토끼의 숨찬 소리.

오늘만은 거북이처럼 엉금엉금
세월아 네월아
세상의 널따란 여백을 찾아.

온몸으로 인생길 세상길
그림 속의 노래 가락처럼
그려 보는 숨소리.

풍경 속의 바람

춘풍 햇살에 살랑거리는 꽃잎 바람
금빛 아지랑이 넘실대는 거울 같은 맑은 공중에
봄 안개를 비집고 수줍게 내미는 나무 사이로
향기 품은 꽃망울 눈길
어느새 마음에 담는다.

세상 천지 목청 돋구는 새들의 노랫소리
가버린 청춘 시절의 기운 서린 메아리
빛바랜 추억길에서
나만이 걸어온 뒤안길 타고
흘러가는 그리움 속에
애끓는 인생살이 보듬고
오늘도 봄처럼 피고 진다.

또 세월이 가고
인생이 늙어간다 해도
다시 동트는 새벽길에서
깨지 않는 꿈을 노래하며
구름 끝에 머물러
저무는 세상을 풍경하는
바람의 흔적으로 남고 싶다.

인정 무정

웃어라 인생아
울어라 세월아
웃고 웃는
인생살이
웃는 날은 세상에 담고
우는 날은 세월에 싣고
인정 무정
살아온 굽이마다
숱한 운명의 바람에 밀려
나그네길 내 설움인 양
눈물 속에 길을 묻는다
비 묻은 구름 한 조각이 슬프구나.

세월 이야기

장장한 세월
아름이 된
소나무 한 그루
고사리 같은 유년 시절
바람 타고 놀던 푸르름이
아직도 청청한 솔잎 자락에
동심의 꿈처럼
매달려 있는데.

그 날의
세월 이야기처럼
흘러가는 시냇물은
세월 가도 유유하지만
물풀에 걸려 맴돌던
종이배는 간 곳 없고
산들바람 옷깃을 스칠 때
내 마음인 듯
동화 속 같은
맑은 시냇물에
석양 노을같이 흐른다.

천상의 종소리

바람으로
마음을 씻고
햇살로
옷을 엮어
세상을 그리워하는
하늘에 구름 떠서
향기를 품고
산천에 뿌려질
꿈을 실은
영혼의 노래
인생의 봄
세월도 떨어뜨린 그림자
수줍은 숨소리에
천상의 종소리가 울린다
종달새 높이 떠서 님을 부른다.

들꽃 같은 친구

허허벌판 민둥산에
돌 껍질같이
거칠고 메마른 인생
인정 없는 가슴에
이름 모를 들꽃 하나

자유롭게 춤추는
바람 걸음 머물게 하는
그 들꽃 같은 친구 하나

내 인생 마음에 심으면
인생 잘 사는 것이라
가 버린 세상이 말했다.

님의 목련화

텅 빈 하늘에 마음을 그리며
시험 없이 흘러 가는
하얀 조각 구름아

그 눈빛 내려앉은 가지마다
님의 얼굴
목련화로 꿈을 꾼다.

날아가는 저 새야새야
날개를 접어 앉지 마라
세상을 그리워하는
저 달아 달아
더 가까이 오지 마라

새가 가지에 앉고
밝은 달이 다가오면
목련화 부끄러워 한 잎 두 잎
얼굴을 숙인 채
하얀 꽃송이
빗물에 젖은
그리운 눈물이 된단다.

오월 그 날

광주의 메아리
세상의 담장을 넘은 노랫소리
그 님이여 함성이여 절규여
세월보다 길고 긴 이름이여
세월도 가져가지 못한 숨결이여
역사 속에 지지 않을 민주화여.

오월의 붉은 향기가 되어 버린 형제여 친구여
삼천리 금수강산 메아리로 날아간
애달픈 사랑이여 추억의 그리움이여
더러 광주 오월을 잊은 국민도 있을지언정
역사는 님의 고귀함으로 살고 있으니.

미안하오 고맙소
새각시 같은 우리 어머니
30년 세월의 멍에를 짊어지고
날이 새지 않는 꿈을 꾸다
아침도 오기 전에 다 늙어 가고 있지만.

행여 비 맞을까 행여 눈 맞을까
마음이 우산이 되고 정신이 옷이 되어

그 님 영혼을 온몸으로 보듬은

그 세월이 얼마인데 맑은 봄빛 하늘에
변하지 않는 늘 푸른 소나무
뜨거운 여름을 태우고 태워
자유가 강물처럼 흐르고
민주주의가 들꽃처럼 만발하고
정의가 바람처럼 일어나고
평화가 구름처럼 밀려오면서
우리 국민의 꿈이 무지개처럼 피어나는
우리나라 광주 정신이 살아있는
오월의 나라

이순신 장군께서
"若無湖南 是無國家"(약무호남 시무국가)라 했듯이
호남이 없었으면 어찌 이 나라 조선이 존재하리오.

님의 영혼은 대한민국의 역사를 이끄는
생명의 숨결로 살고 있나니
거룩하고 숭고한 님이여
살아 있는 자 고맙소 미안하오.

추억의 꽃 내 동무야

그 날에
눈빛에 그려지던
친구의 모습은
동심과 십대 때는 장독대에
도란도란 앉아 소꿉장난하던
봉숭화와 채송화 같았고

이십대 때는
산천의 다른 곳에 꿈을 품고 앉아
봄바람 신랑을 기다리는
진달래처럼 향기를 품어냈고.

삼십대 때는
담 넘어 세상을 넘나드는
손길 발길을 뻗치며
세상을 노래하던 나팔꽃의
입과 날개 달았고.

사십대 때는
세상만사를 붉게 열정하는
화려한 장미꽃 같았는데.

어느새 오십이 넘어
육십을 바라보는 친구를 보니
꽃중의 꽃이라
목련화가 되었나.

이제 모든 날을 추억으로 보듬고
이젠 앞에 올
세월 길을 잃고 살자꾸나
추억의 꽃 내 동무야.

봄날의 꿈

목련 꽃 향기가
봄바람에 날려
시들어 가는 꽃잎 볼을 어루만지며
늦장부리고 있는 잎새를
향기 품은 옷자락으로
흔들어 깨우고 있는 생명의 모습
지금 이 시간
저기 저기 저 공중에
우리 예쁜 님이
미리 마중 나간
싱그러운 오월의 바람을 타고
속살이 훤히 비치는 푸른 바다 물결이
거울을 거꾸로 돌려보니
비단실 같은 햇살로
살짝 눈빛 화장한 백옥보다
하얀 뭉게구름이 백합꽃처럼
우아한 자태로
님의 얼굴인 양 피어나니
아
내 님의 그리운 생각
봄기운보다 낫다.

시인의 인연에

님은 그 언젠가 꿈 속에서
어두운 산자락을 파고드는
맑은 이슬 방울
그림자 하나 남기고
잎새에 영혼을 그린
거울 같은 깊은 추억이었습니다.

강물에 비치는 달처럼 느끼며
추상 어린 물결의 아름다움을 보는
감성의 미인이었습니다.

흘러가는 세월을 사색에 담아
글을 심오하게 노래하고
아름다운 순간 사진 속에
인생을 그리며
무거운 발걸음에
메마른 세상 정서를 안고
바람을 가르는
오월의 꽃 향기였습니다.

꿈꾸는 길손의 봄

겨울 내내
언덕바지에
숨어 울던 바람도
자리 털어 일어나
쳐녀 볼에
봄빛을 머금은
노랫소리가
아지랑이 몸짓으로
들풀을 깨우니
나뭇가지 이파리
오고 가는 향기에
웃음소리 리듬 맞춰
인연의 춤을 추고
꿈꾸는 길손
세월을 간다.

4부

사색의 발걸음

사색의 발걸음

고개 돌려 뒤를 보면
지나온 굽이마다
아름다운 추억의 그림자가
흑백 사진 속에
소중한 이야기를 품고 있는
정다운 발걸음이 바로 눈앞에서
설렘으로 다가옵니다.

어린 시절 생기처럼 느껴지며
꿈속에서 2막을 목격했던
연극 속의 주인공이
세월 속에 전설이 되어
내 마음 속에
옛날의 정서가 자리잡은
반가운 손님으로
긴긴 세월길에서
바위에 쉬어 가는
물결처럼 만난
시인의 가슴에
순수한 사색으로
하얀 구름 속에 머뭅니다.

세월보다 긴 이름 어머니

세상천지 메아리 소리가
어머니 이름만큼
설렘으로 다가올 수 있을까요
세상에서 가장 많이 불러본 감동의 이름
어머니 어머니의 이름이 아닙니까.

일평생 부르고 또 불러도
지워지지도 닳아지지도 않는
어머니 우리 어머니
말로 글로 표현할 길이 없는
숭고하고 신비로운 이름입니다.

어머니가 가고 없는 그 날부터
어머니 이름을 붙잡고
목 메어 불러 보고 소리쳐 울어 보고
사무치게 그리워해도
이 자식의 애타는 목소리
저 하늘의 조각구름처럼
어머니 찾아 떠도는
길 잃은 애달픔의 흔적일 뿐입니다.

얼마나 더 많이 불러 봐야
어머니는 대답을 하실런지요
생전에 부모님은
생후에도 부모님임을
깨우치게 한
끝도 갓도 없는
어머니의 이름입니다.

생전에 부모님으로
끝나 버리면
이 얼마나 허망한 불효입니까
생전에 못 다한 자식의 도리
어머니를 추모 속에
은혜롭게 용서와 사랑을 바치니
아무리 생각해 봐도 천만다행입니다.

오늘 어머니 마음처럼 따뜻한 봄날입니다
어머니의 가슴팍에 피어나던 그 향기가
꽃의 마음이 되었나요.
어머니의 숨결 같은
꽃의 마음이 피어납니다.

세상 산천을 떠도는 바람이
어머니의 목소리인가요
하늘에 맴도는 저 하얀 구름이
어머니의 마음인가요.

어머니의 손사랫짓인 양
이 자식을 부르는 햇살의 눈길이
나뭇가지에 걸터앉아
오월의 길목을 한없이 비쳐줍니다.

어머니 어머니 어머니는
생전이든 생후든
이 자식의 어머니이시고
세월보다 훨씬 긴 이름이며
세상보다 더 큰 마음입니다
자식의 마음 속에
세상 인연 중에 가장 큰 이름입니다.
어머니

세월의 노랫소리

가는 길을 물을 때
햇살이 손짓하는 대로
마음이 머물 때 달빛의 눈길 따라
오가다 만난 세월 나그네 노랫소리
흐드러진 꽃향기
지친 심신 어루만져 준다.

바람이 자꾸자꾸 따라온다
구름도 덩달아 따라온다
바위에 걸터앉아 쉬고 있던 물결도
얼른 일어나 산허리 휘어감고
여인의 치맛자락처럼 리듬을 탄다.

인생길 자연의 길 마음의 길
세월이 막히면 마음이 먼저 가고
가다가 길이 막히면 시 한 수로 문을 연 자리
작은 눈앞에 널따란 세상의 길을 담는다.

세월의 이야기를 끌고 달린다
세상만사 어느 곳인들
사계절 붉은 여정이 피어난다.

님을 위한 찬양

자연 속에 숨어 있는
신비함을 찾아가는 나뭇꾼 길손이
님의 아름다움을 부럽니다.

님의 아름다움은
추상적인 관념 속에 황홀함만이
푸른 하늘을 종이 삼아 그림을 그려 가는
구름결 같은 흔적일 뿐입니다.

오월의 푸른 빛 바람도
끝내 고개를 숙이고 유월의 햇살에
님의 꿈을 꾸게 합니다.

님은 사람으로 태어나 누구를 위한
신비로운 보물찾기 같은
거울 속에 비치는 이미지입니까.

순진한 나뭇꾼은 달빛의 손짓 따라
세상에 내려온 님을 선녀라 부르며
님을 위한 꿈을 위해 나흘 밤낮으로
님의 숨결소리 리듬 맞춰 찬양의 노래를
나는 그리운 마음 모아 실컷 부르겠습니다.

목련꽃 마누라

우리 마누라 고운 마음
곱게 접어놓은 듯한
하얀 목련의 자태 앞에
살랑거리는 몸짓으로 노래하던 바람줄기
살그머니 입술을 다문 채
담벼락에서 서성이고.

우리 마누라
연지 곤지 찍은 연분홍 목련이
향기 풀어내는 봄 햇살을
살결에 바르니.

푸른 하늘 품고 노닐던
한 조각구름마저 나뭇가지 사이로
살며시 고개를 내밀 때.

담장 위에 새 한 마리
내 가슴 자락을 여미며
진달래 입으로 예쁘게 울어 주니
나는 나는 마누라 품 안인 듯 봄 속에서
세월의 길을 찾는다.

봄날 어머니

그 옛날
우리 어머니
새 각시처럼
곱게 차려입고
읍내 장에 가시던
신작로 길에
키 큰 가로수
길동무해 주던
눈빛 맑은 햇살이
동심의 내 마음 틈새로
어머니 숨결로 들어와
꽃피는 산골
봄날 우리 어머니
봄 노래를 들려줍니다.

장미꽃의 화려한 외출

님이 보낸 장미꽃 편지 속에
사월의 꽃향기로 속살을 채우고
오월의 길가에서 세월을 부르니
푸른 바람으로 얼굴을 씻어 내미는
오월의 여인들이 손 따로 눈빛 따로
바람결에 쏟아지는
장미꽃 숨소리에 아우성이다.

오월의 여인들과 숱한 세상 이야기
붉게 태워줄 열정 속에
어느 님은 이슬로 맺혀
사랑을 속삭일 것이고
어느 님은 햇살로 내려앉아
그리움을 품을 것이고
바람결로 온종일 머물 것이라.

님을 님을 짝사랑하다
세월을 놓쳐 버린 나는
세월길 잃은 걸음이 멈춘 자리
마음이 멈추면 오월 한달 내내
장미의 치마폭에 겹겹이 싸였던.

그 사랑을
떨어진 꽃잎마냥 지울 수 없어
붉은 색깔로
나를 위한 한 송이 장미로
가슴 속에 피어날까
장미의 외출은 꿈속을 떠나
오월의 세상길에 발을 내딛고 있는데
비 맞은 장미꽃의 순정은 아니 되련만.

꿈꾸는 님의 사색

조용한 미학이 흐른다
꿈꾸는 님의 사색에 잠겨
발걸음 없는 설렘 숨결 모아
잔잔히 수놓은 감성의 여백 속에
지극히 눈을 맞춘다.

나뭇가지에 거는 인연
한 손가락도 모자라
열 손가락 마디마디 걸고
님의 얼굴 이파리에 올라
사랑의 황홀한 빛깔 하늘 향해 물들인다.

쉬어 있는 바람소리
그림자도 없이 애무하고
세월을 잡아 선율하는 백조의 진실한 울림은
맑은 영혼의 속삭임으로
귀기울여 사랑을 듣는다.

눈을 감고 상상의 거울을 본다
님을 위한 물의 생각 따라
님을 위한 사색이 여울 되어 울려 온다.

세월과 사람

세월을 숨소리처럼 느끼며
또 걸어가다가 오는 인생을 생각하니
발걸음이 안 떨어질 때면
지나온 추억이 미안한지
우두커니 그림자로 서서
옷자락을 만중거리고.

그래도 돌이 된 양 천년만년 근심이면
사랑의 물결 넉넉한
부드러운 구름으로 밀려와서
내 몸을 감싸주고.

세상의 인심 우리 엄마 숨소리
눈치 빠르게 바람처럼 불어와
시원하게 씻어주며
끝도 갓도 없는 세월
우물 같은 사색에 품고
아름다운 인생을 꿈꾼다.

세상길에서 들꽃을 만나는
바람으로 우리는.

그림자 속의 사랑

이름도 성도 모르는
꿈속의 저편에 있던
인연의 발걸음이
얼마나 걸어왔을까.

밤낮을 가리지 않고
산을 넘어 강을 건너
들판에 잡초들의 사연도 보고
유유히 흘러가는
물결의 이야기 소리도 들으며.

다리가 아프면 바람을 타고
허리가 아프면 구름에 누워
억만 겁의 세월길을 돌아
오늘 여기 이 자리에서.

또 다시 운명이 반이요
숙명이 반이라 여기며
인생길 사랑의 길로 가는데
저절로 이룬 것은 하나도 없나니.

선녀와 나뭇꾼 이야기가
전설에서 신화가 되고
꿈에서 생시가 되어
달빛이 눈을 감은
숨막히는 포옹 앞에.

영혼의 뜨거운 숨결이
떨어지는 폭포수
메아리 되어 그 날 그 날이
증언의 역사로 새로 나며.

추억을 만들어 가는
인생길 인연의 발걸음
숨은 그림자 속에 둘만의 사랑이
세월의 광대를 부르니.

세상을 무대로 세월이 연출하는
일막 이막 삼막
영원한 연극처럼
긴 세월의 이야기로.

산새의 노랫소리

왠지 님은
여름날의 매미 노랫소리도
아름다워 할 것 같고
가을날의 귀뚜라미 울음소리도
가을단풍 잎보다 더 진하게
사색을 물들이며
맑은 귀에 담을 것 같은
감성적 관념이 보입니다.

나뭇가지에 앉아
숲속을 온몸으로 품고
노래 하는 산새처럼
의식과 가치와
정서적 동질감이
이슬에 젖는 이파리처럼
촉촉해집니다.

나는 푸른 숲속의
나무의 마음이 될 테니
님은 숲을 무대 삼아 선율하는
산새의 마음이 되십시오

꼭 되십시오.

그 동안 많은 새들은
건강한 숲을 찾을 수 있는
눈도 날개도 없어
몸통만 가지고
도시 빌딩 숲에서
쉰 목소리로 울어댔습니다.

영혼이 흐른다

그리움이던가
영혼의 가슴 속에는 펄펄 내리는 함박눈
까만 어둠을 덮는다.

인적 없는 산중에
두 팔 벌린 나뭇가지에
그 님의 마음인 듯 살포시 내려앉는다.

사랑이던가
다람쥐도 밟지 않은 하얀 눈송이 모아
그 님은 나를
나는 그 님의 눈사람을 만들어
돌 틈새에 숨어 있는 바람 소리
어느새 사랑의 숨결 불어준다.

영혼이던가
날이 새면 녹을까 얼어붙은 눈사람
그 자리 지킨 바위처럼
언제까지 세월을 안고
물처럼 흘러가는
천생연분 영혼이 흐른다.

● 임영모 열두 번째 시집

영혼의 연꽃이여

아름다운 사랑이란
상상 속의 이미지
오묘한 생명
꽃무늬 빛깔로

사람의 감정을
붉은 피로 끓게 하여
운명의 깨달음을 주는
영혼의 연꽃이여.

하늘 우러러
땅을 굽어봐도
헤아릴 수 없는 억만 겁의
사연의 고해성사를.

순백의 마음 속에
그림을 그리고 달을 따서
그리움을 속삭이며
별을 뿌려 향기를 품어내는
궂은 자리에 연꽃의 마음으로.

세월과 고향의 연정

옛날에
서울에서 고향길이
천리길로 느껴졌을 때
정말 멀고 먼 나라가 고향이었지.

고향 쪽 하늘
구름 가는 길을
망망하게 바라보던 시절
남쪽으로 흘러가는
먹구름도 흰 구름이
부러워 마음 움켜쥐고 달랬다.

바람도 남풍이 불면
내 목소리 실어 보내고
석양에 노을이 피면
고향의 부모형제들이
내 눈 속에
꿈속을 이루며
골목길 친구들이
땅거미처럼 아롱거렸다.

붉게 물들어 가는
하늘빛을 추상하며
내 마음의
향수를 담던
삶의 여정마다
온다 간다 말도 없이
발자국도 남기지 않은 채
인정머리 없이 가 버렸다.

세상길 모퉁이에서라도
잠시 발 붙이고 가면 좋으련만
세상 희로애락 발걸음 싣고
흔적도 없이
어디로 누굴 찾아가는 건지.

내 발걸음
오늘도 여기 있는데
늙어 가는 인생이 서글퍼서
노을이 지면 눈물이 보일까
어둠 속에 이슬로 떨구는구나.

비바람에 젖는 인생의 노래

인생 걸어온 굽이굽이
희로애락 세월의 자국들
바람에 흔들리는 나뭇가지처럼
인정 없는 세월 바람 숱한 사연 만들어 주고.

내 멋대로 부를 수 없는 인생의 노래
어둠과 밝음을 날마다 맞이하며
그 속에서 무슨 소망을 찾겠다고
낮에는 온몸에 땀으로 삶의 소원을 부르고
밤에는 또 긴긴 밤 꿈을 꾸나.

무슨 욕심이 그리 많아
채워도 채워도 제대로 채울 수 없는
허망한 인생살이.

세상에 누가 누가 나를 달래줄 사람 없어
그래도 내 영혼의 그림자
내 몸을 씻어 주고
검게 타 버린 찌든 삶은
손 큰 바람이 몰고 가
물결에 달빛처럼 빠뜨린다.

5부

인연이 가는 꿈

인연이 가는 꿈

인생길 찾아가는
아름다운 선녀 구름이
널따란 하늘에서 길을 잃었나.

나뭇꾼이 등에 짊어진
세월의 마음 붙잡고
오는 바람소리로 소년의 푸른 색깔
소녀의 붉은 색깔로 사랑을 물들인다.

봄날의 첫순 꽃처럼 예쁜 선녀는
가을날 다 늙어 가는 찬서리에 고개 숙인
할미꽃이 되어 만날까.

달님도 서산에 기울었다가 어둠 속에 피어나고
햇님도 동녘에 솟아올라
여명으로 떠올라 해 지고 달 뜨는 길목에서.

하루에 한 번은 노을 속에
붉은 사랑을 추상하는데
어찌 하여 우리는
한밤중에 꿈만 꾸고 있는가.

세월길 정거장

세월길
정거장은 어디에서
무겁고 수고한 발걸음 달래니
꿈을 실은 생명을 저 멀리서
또 눈앞에서 나를 부른다.

남자는 생각에 세월을 담고
여자는 마음에 세월을 담고
비바람에 젖은 삶의 편지
오늘도 내일도
어둠 속에 지팡이
세상길 두드리며

눈감은 장님처럼
생각의 발로 이정표를 찾아
마음의 발로
그 길을 걸어가자
어차피 가는 인생
영혼의 기쁨으로.

사랑의 메아리

메아리가 살 수 있는
울창한 숲을 가진 산은
어머니의 품안 같은
생명의 큰 산입니다
신앙입니다
영혼입니다.

임자 없이 떠돌다
민둥산에 떨어져
흔적 없이
사라지는 이슬방울
새벽이 오기 전에
어둠 속에 울다 지쳐
눈물이 말라 버리지 않도록
사랑의 숲에
사랑의 물을
오락가락 서성이는
이슬비처럼이라도.

그 날의 울음소리

그 날의 울음소리 엄동설한 일사후퇴
피난길에 만삭이던 그 시대의 어머니.

꽁꽁 얼어붙은 빈 집 헛간 땅 바닥에
지푸라기 한 줌 깔고
쏟아지고 퍼부어지는
포탄 소리를 멈추게 한
신비로운 새 생명 울음으로
싸우지 말자 좋게 살자
처절하게 평화를 불렀지만.

우리 어머니 미역국 고사하고
따뜻한 물조차 없었던 허기진 배 위에
핏덩어리 갓난 아가를
살결처럼 품에 붙이고.

행여 나올까 행여 나올까
말라 버린 젖을 움켜쥔 채
또 길을 간다
또 목적지도 없는
나그네 길을 걷는다.

운명의 풍경

희미해진 추억 속에
숨바꼭질 같은 인생살이
산천에 청순한 꽃처럼
살아가는 세월 동안
해 그림자 따라 가고
달 그림자 속에 꿈을 꾸며.

유수한 세월 등에
희로애락 실어 운명의 길 위에
숙명의 발걸음으로
세상의 여백을 찾아 잠시 한숨 돌리고.

희미해진 인생 굽이굽이
풍경을 그려보는 허공의 무공 속에
알 수 없는 인생사.

한눈에 다 보일 만큼 작은 삶의 보따리가
이렇게도 무거워 끙끙대면서.

더 이상 갈 수 없는 인생 여행길
저 편에 보이는데 어찌 할거나.

사랑이 가는 길에

푸른 잎은 눈으로 보고
마음을 씻고
붉은 잎은 느낌으로 보고
생각을 씻는다네.

세월도 걸터앉은
푸른 산천초목
이파리 모아
마음을 만들고
세월도 사색하는
갈색 초목 단풍잎 모아.

사랑이 놀이하는
두터운 책갈피를 만들어
겨울 내내 추억의
이야기를 따뜻하게 하자구려.

바람 같은 숨소리로
사랑이 가는 길에
세월보다 더 큰 그리움을
그려 가면 어떠하리오.

사랑의 상상

사람의 사랑을 하십시오
사랑은 물결처럼 바위를 품고
바람처럼 산을 넘고
구름처럼 세상을 그리면서
자유로운 상상을 표현하는
행동하는 양심적 예술입니다.

그리고
신비로운 생명의 조화를 이룬
꿈꾸는 영혼을 닦으십시오
님은 능히 선몽된
사랑의 꿈을 행동할 수 있습니다.

사계절 쉬지 않고 피는
사랑의 숨결이 되십시오
모든 생명이 있는
사랑의 표본이 되십시오.

그러면 님은
세상에서 가장 아름다운
사랑의 소유자가 될 것입니다.

세월의 시 향기

푸른 빛 바람 불며 시 향기 노래하니
새 하얀 뭉게구름 두둥실 춤을 춘다.

칠월 땡볕에 조약돌이 사랑에 빠지고
자유의 몸짓으로 파도 물결 따라
갈매기가 시를 쓴다.

흐르는 물소리 길가는 나그네를 부르고
산천초목 뒤처진 세월을 잡아
이파리 뒤에 숨긴다.

빨리 가고 늦게 갈 수 없는
발걸음 잠시 쉬어 부채 바람 마음에 모아
나도 같이 시인이 된다.

세상사 창조의 근원이
시심의 상상에서 원천 되니
인생과 세월을 그려 가는
시인이 세상의 마음이라
우주 삼라만상의
끝 없는 시간을 헤아리는구나.

사랑의 자유

깊은 어둠보다 더 깊고 진한
사랑의 꿈이 밤을 재울 수 없어
상상을 헤맨다.

어둠의 가슴을 헤치며
산천에 젖어 드는
이슬방울 그리운 마음 속에
숫자를 헤아린다.

어느 때 두 번의 인연이 와서
누군가를 사랑하라고 해도
나는 돌이 될지언정

아우성치는 물결의 설렘은
소리 없는 메아리가 될 뿐이다.

세월보다 더 깊은 사랑을 품고
바람결도 돌아가는
생명의 빈 자리에
살아가는 날 동안
사랑의 자유가 되고 싶다.

● 임영모 열두 번째 시집

바람의 얼굴

두 발을 제대로 뻗을 수 없는
낡아빠진 꽃병에
늙어 가는 마음까지 휘었구나.

눈빛이 애처로운
생기 없는 얼굴에
애꿎은 세월만 흐르다

정해진 자리
피고 지는 꽃일지라도
여명은 어느새 어둠이 되지 않더냐.

세월을 돌아갈 길 없다면
차라리 시 한 수 지어
세월에 실어 읊어 보자꾸나.

업보 따른 운명이
햇살에 부서진 무공일지라도
바람의 얼굴은 남아 있지 않던가.

추상의 종소리

세상에 나서
어떤 인연의 소리가 들릴 때
바람처럼 스쳐 가는
숱한 길손의
발걸음 소리가 아닌

긴 꿈속에
나만이 알아 챌 수 있는
내 눈 속에서
마음대로 그려 가는
사랑의 그림자가
영혼의 종소리를 울린다.

그리고
그 종소리를
믿음과 진실로
따라가다 보면
환상의 거울에
그 옛날
어린 소년시절
짝사랑하던

그득한 설렘이
소꿉장난하듯
채송화 봉숭아 꽃잎처럼
맑은 사랑으로 앉아 있는다.

나는 그 사랑을 찬미하며
나는 그 사랑을 숭배할 것이다.
시인의 추상적인
상상의 날개가 없어도
누구든 밤마다 꿈을 꾸든
날마다 날마다
창조의 사랑을 선행할 것이다.

비의 정서

비가 옵니다
오늘은 비가 할 말이 많은가 봅니다
그동안 사색했던 이야기를
수도 없이 쏟아 낸 것 같습니다
어릴 적 고향집 마당에 내리던
빗방울을 세어 본 적이 있습니다
샘물 같은 눈동자에
정신없이 빗방울을 넣었지요
끝끝내 빗방울을 셀 수가 없었어요
빗방울은 나의 마음도 알아주지 못한 채
마당에 내리자마자
다른 빗방울과 한 몸이 되어
마당을 한 바퀴 돌고
사립문 틈새로 나가 버렸어요
그래도 고향집 마당을 냇물처럼 그려주던
그 빗방울이 그립습니다
추억 속에 내리는 그 빗줄기를
고향의 친구 삼아 마음에 담아 봅니다.

추억의 마음

밤길을 걷노라니
밤 하늘에 달빛이 밝다고 한들
어찌 그 옛날
고향집 초가삼간
호롱불빛만 하겠습니까.

향수 어린 추억의 정서가
내 눈 속을 찾아온 이 밤에
보고픈 친구들의 그리움이
풀잎에 내린 이슬처럼
가슴에 젖어 옵니다
친구들이 보고 싶습니다.

소녀 소년의 하얀 순정

다소곳이 수줍은
봉숭아 꽃 같은 그 소녀가
햇살로 붉게 물들인
얼굴을 붉히며

속이 꽉 찬 듯
고결한 채송화 꽃 같은
그 소년이 볼세라
이파리에 설레는 마음 물들인다.

옛날 옛날 그 옛날에
오누이 순정은
먼 세월 돌아가는 길에
현상 못한 필름처럼
이미지를 간직했던 우리.

세월도 갈라 놓지 못한
운명적인 인연으로
바람도 숨죽이게 하는 품속에서
밤낮으로 사랑을 노래하니
어둠 속 달빛이 곱다고 한들

님의 눈빛만 하겠는가.

어젯밤 우리 아버지 우리 어머니가
꿈속에서 손에 꼭 쥐어 주었던
하얀 조약돌에 그려진
선명한 마음으로

꾸어도 꾸어도
또 꿀 수 있는
꿈의 마음으로
사랑을 창조하는
예술의 마음으로
사랑을 그려가네
상상의 이야기 속에
옛날을 오늘로.

물안개의 꿈

세상을 품은
그득한 고요의 몸짓
마음까지 드러낸
물안개가 피어난다.

빗줄기 사연을
이야기로 만들어
이 밤이 지나면
사라질 꿈일지라도

님이 부를 때까지
님을 만날 때까지
소리 담은 몸짓으로
강물 위에 내려놓는다.

6부

초로의 인생살이

세월 잡는 나그네

장마철 우기에 접어들었다
하루 건너 하루 내리던 비가
사흘 낮밤을 쉬지 않고 내린다.

세상에 사연을 쏟아 붓는
빗줄기의 그리운 이야기를 모아
한강변 아파트에서 새어 나오는 불빛들이
앞다투어 임자 없는 물결에 추상화를 그린다.

야생화가 피어나듯
어둠 속에 물안개 꽃이
온통 꽃밭으로 변해 버린다.

자유의 물결을 품고
명상에 젖어 있는
그 향기를 눈빛에 담는다.

올림픽 대로를 달리다 보면
나는 어느새
신선의 마음으로 세월 잡는
세상길 나그네가 되어 있다.

눈물 젖은 봉숭아

눈물 젖은 봉숭아
비는 꿈도 안 꾸나 보다
비는 다리도 안 아프나 보다
사흘 낮밤을 쉬지 않고 또 내리고 또 내린다.

비야 비야 이제 그만 내리고
그렇게 할 말이 있으면
비의 마음 아름답게 적어줄
시인의 가슴을 두들겨라
비의 사연을 그려가며
흙이 되고 강이 되어 세월길 흘러갈
인연 맺은 동무가 되려니.

비야 비야 왜 그리 눈치 없이 내리면
장독대 밑에 소녀 마음 품고 있는
비어 젖은 봉숭아는 어찌 할거나
구름 속에 숨어 버린 햇살 눈빛을
고개 올려 사모한 봉숭아 꽃잎
우리 누이 손톱에 살포시 내려앉아
숨소리도 감춘 채
수줍어 얼굴 가린다.

운명의 자리

진실한 사람도 좋지만
다정한 친구가 더 좋고
다정한 친구도 좋지만
사랑을 나누는 당신이 더 좋다.

나는 당신에게
인연의 의미를 안겨줬고
당신은 나에게
사랑의 아름다움을 울려줬다.

세월 어딘가에
우리가 따로 갈 길이 있겠지만
그 날까지는
바람의 발걸음이 아닌
구름의 마음이 되어
사랑의 깨끗한 사색에
빠지고 싶다.

우리의 운명의 이야기는
이미 돌아보면 끝이 안 보이는
세월길 어느 곳에

숱한 돌멩이 가운데
보석 빛처럼 빛나는
추억의 역사가 되었다.

나는 당신에게
넓은 하늘이 될 테니
당신은 맘껏 사랑의 춤을 추는
날개를 접지 말고
영원의 새가 되어라.

나는 당신의
예쁜 꽃 속에
숨쉬는 향기로 남아
당신을 사랑하게 됨을
내가 세상에 태어난
운명자리가 된
영원의 이유라고 말하겠다.

호남인의 길

억만 년의 세월 바람을 안고
오천 년 영혼의 메아리가 숨쉬고 있는
저 산을 보라

어둠을 뚫고 내린 이슬이
님의 가슴팍에 촉촉이 젖어
자연의 생명이 되었던 것과 같이
어두운 시대에
맑고 밝은
호남인의 양심의 불은
대한민국 시대 정신이 되었다.

아무리 큰 나무라도
저 혼자는 산을 이룰 수 없고
아무리 아름다운 꽃이라도
한 송이 꽃으로는 꽃밭을 이룰 수 없나니.

산천에 뿌리내린 나무마다
저절로 뿌리내린 것이 없고
들판에 자리잡은 들꽃마다
마지못해서 살아가는 꽃도 없다.

우리 호남인은
이 강산에 메아리를 살게 하는
초목의 생명수였고
우리 호남인은
이 땅에 꽃나비를 살게 하는
꽃밭의 향기로운 햇살이었다.

그것은 사람 마음에
꼭 같이 살아야 할
자유요 정의요 민주요
평화의 숨소리였다
세월은 가도 세월보다 긴 이름
세상보다 큰 정신
호남인은 오늘 여기에서
대한민국의 새로운 역사를
등에 지고 간다.

생의 애착

이 세상에 뿌리내린
숱한 산천초목을 보라
아무렇게나 뿌리내린 사물이
어디 있고
마지못해서 뿌리내린 사물이
어디 있더냐.

그 사물이
어떤 이치에 태어났어도
자연은 그들이 살아가는 동안
절대 차별하지 않고
사계절 운행 따라
때때로 옷을 갈아 입히고
배고프면 물을 먹이고
살이 찌면 바람으로 털어 주고
답답할까
산소도 똑 같이 나눠주며
낮에는 햇살로 다듬어 주고
밤에는 달빛으로 잠을 재운다.

아무리

옹상한 난간에도
척박한 돌밭에도
기름진 옥토에도
집안의 화단에도
생명의 소중함은
불멸의 원칙이 아니겠는가.

누가 그 생명들을
능히 차별할 권리가 있단 말인가
세상의 모든 사물은
세상에 자신의 성역으로
자리가 있으니
그 누구도 그 자리를
범하지 못하지 않을까.

사랑의 향기

인생살이
가진 이는 가진 만큼 무겁고
없는 이는 없는 만큼
가볍지 아니 할까.

마음을 내려놓고
지난 생각 뒤돌아보면
얼른 커서 어른이 되고 싶었지만
막상 어른이 되어 보니

흘러가 버린
물결 속에 진주처럼
다시 못 올
젊은 시절이
황금 보화보다
절절이 애닳게 그립구나.

인생의 힘으로
오고 갈 수 없는 세월이라면
이 순간도 나를 만지는
누구에게도 똑 같은

사랑의 세월을
어떻게 보고 느끼며
알맞게 잘 가꾸는 것은
바로 내 몫이 아니겠는가.

인생길 희망도 두려움도
어제와 오늘 같으니
지금도 나를 위해
내 인생길에
놓여 있는 세월을
아름다운 사랑의 향기로
어루만지면 어떨는지.

초로의 인생살이

먼 추억 속에 잠긴
꿈속을 열어봐도
인생길 시작은
우리 어머니
품안이 분명했지만.

긴 어둠 속에 잠긴
꿈속을 열어보니
인생길 끝점은
우리 어머니
손사래 그림자뿐이구나.

인생은 왜
세상의
삶을 갈구하며
사는 날까지
생에 애착을 갖는 걸까.

햇살에 사라질
이슬 같은
초로의 인생살이

엷은 삶의 터전이라.

고개 돌려 다시 보면
원래 모양이 없는
한 조각 구름처럼
떠돌다가 사그라질
삶과 죽음이 그림자처럼
하나의 법인 걸.

세월은 구름이나 바람이었나
삶은 하늘처럼
늘 그 자리에 머물러 있고
인생은 삶의 굴레 속에 빠져
세월의 멍에 메고 무작정 가는 길
누구에게 말할까
인생은 자꾸 늙어 가는데.

여로의 빛

백년도 못 살면서 천년 만년 아니
영원히 살 것처럼 보듬고 가는 삶의 길

세상 어딘들 둘러봐도
만사형통 이룬 사람이 없으니.

삶의 이치가 행복을 누리는
자리가 아니라 고행을 닦아 가는
무거운 도구 같기도 하다.

햇빛과 달빛은 밤낮으로
삶의 길을 비쳐주지만
인정 없는 바람소리 등불을 스쳐가듯
삶의 지팡이를 흔드는구나.

그래도 삐걱삐걱 꼬불꼬불한 삶의 능선
쉴새없이 숨 가쁘게 오르니.

그때까지 목마른 인생 여로
말없는 그림자 속을
땀으로 적시는구나.

어머니의 꽃

항상 웃고 있는 이름
사시사철 피어 있는 꽃
새색시 고운 단장 칠로
동동 구루무 분꽃 같은 향기가
자장가로 피어나던 어머니.

늙어 가는 세월을 치마폭에 숨기고
선이 없는 마음 속에 밤낮으로
사랑을 태워 내 숨결 모아 주었습니다.

어머니 검은 빛 머릿결에
내려앉은 별꽃도 꿈속에는 피었지만
사람들이 보는 눈앞에는
어머니의 꽃씨는 옷자락에 숨겨진 채
세월 바람에 흩어져 갔습니다.

그 시절 그 자리에서 운명을 보듬고
맺지 못했던 꽃봉오리
어머니가 가고 없는 이 날에
자식의 가슴에서
영원의 꽃으로 피어납니다.

친구는 추억의 예술이다

부르고 싶다
하루에도
열두 번도 더
그 이름 친구야
그 추억이 예술이었다.

옷자락 정도 스치는
인연이란 바람으로
허공 속에 떠도는
곧 모양이 사라질
구름 같은 친구가 아니었다.

나의 숨소리처럼 흘러 나왔던
내 친구
돌담에 별빛이 스며들 듯
반짝반짝 빛나는
그 이름은 내 몸에 핏줄이었다.

친구야 보고 싶다
토란 이파리에 물방울 뒹굴듯
그림자 속까지도

훤히 들여다 보이던
우리의 해맑은 얼굴이
몽땅 한눈에 가득 떠오른다.

친구야 그립구나
골목길 걸어가는
발걸음 소리만 들어도
바람결에 문창호지가 떨 듯
뛰쳐나오는 설렘의 목소리가 아니더냐.

친구야
다시 꾸고 싶은 추억의 꿈들이
삶의 사연
가득 채운 세월 속에서도
우리들의 이야기 소리
시냇가에 물 내려가는 소리처럼 들려온다
친구야.

비와 바람

비가 옵니다
바람이 붑니다
비와 바람은
저렇게 쉬지 않고
밤낮으로 만나
텅빈 세상을
눈을 감고 몸부림치며
시인의 가슴 속에서
사랑으로 울어댑니다.

뜨거운 몸통을 어루만지는
춤추는 바람의 숨결
촉촉이 젖어 가는
애틋한 그리움으로
노래하는 빗줄기의
자유로운 목청이
수줍은 감성의 형상 속에
꽃잎 하나 피어납니다.

가을님의 손짓

비가 내릴 때
사랑인 줄 알았다
비가 나뭇잎에 내려앉을 때
님의 손길이 내 숨소리에 리듬을 쳤다
햇살이 내릴 때
이별인 줄 알았다.

햇살이 내 몸에 내려앉을 때
이별의 눈물이 온몸을 적셨다
만남이 비가 되어
그리워 울고
이별이 햇살 되어
서러워 울었다.

사랑도 가고 이별도 가니
마음 틈새로 입추의 사색이
상처란 영혼을 어루만지듯
깨끗한 명상 속에서
가을님이 저 햇살을 머금은
푸른 나뭇잎에서 일어나
달빛에 얼굴을 내민다
가을님이 손짓한다.

광복절 그 날은 아직 끝나지 않았다

이 땅에 살고 있는
숱한 이름 모를 들꽃
땅이 꺼져라 내쉬는 한숨소리
돌멩이가 품안에 받아 놓는다.

그 날이 왔다.
깊은 악몽에서 깨어났다.
산 넘어 올라온 동튼 민족의 얼굴
꽃잎에 묻어 있는 이슬방울
햇살이 샘을 내지 않는다
얼마나 참으며 기다렸던
복받친 감격의 눈물이 아니던가.

짐승보다 못한 일본 놈들아
꽃다운 우리 민족의 누나들
떨어진 꽃잎 발로 뭉개듯
치욕과 수모와 고통의
살인적인 광야에서
독약 먹은 광견처럼 미쳤더냐.

알 놈들아

독도가 어디
누구 땅이라고
가위눌린 헛소리 하느냐
독도는 우주가 있는 한
마음 속에서 사라질 수 없다
짐승들이 어찌 사람의 마음 속을
가져갈 수 있겠느냐.

아 광복이다
아 독립이다
아 우리 민족의 숨소리가 메아리친다
산천초목이 얼싸안고 춤을 춘다
바람이 쉬지 않고 노래한다
구름도 두둥실 마음을 풀어놓는다
냇물도 가슴에 막힌 이야기를
졸졸졸 쏟아낸다
날아가는 새도 감나무에 내려앉아
목청 돋아 흥을 돋군다
장맛비와 휘몰아친 광풍에 꺾인 여린 심성
찌들어진 36년의 세월 담아 놓은 들판의 꽃도
장독대 봉숭아도

예쁜 누이동생 볼처럼 피어난다
이놈들아 들어라
계절을 역행하며 씨앗을 뿌릴 수 없듯이
사람의 혼불은
영원히 꺼지지 않는다는 것을 몰랐더냐
일본 놈 생각하기도 싫다
꿈에 나타날까 기분 나쁘다
옷깃을 스치는 인연일지라도 맺고 싶지 않다
독도가 일본 놈 낚시질의 밥이 아니다
독도는 사람이 사는 땅이다
대한민국이다
오천년의 혼이 솟아 있는 눈동자다
한민족의 영혼 속에 있는 것이다.

꺼진 불

사랑이 떠났습니다
올 때는 느끼지만 갈 때는 몰랐습니다.

인연이 사라졌습니다
훌쩍 가 버린 바람 그림자도 볼 수 없습니다.

운명이 울었습니다
갈라진 두 갈래길에서 눈을 감아버렸나 봅니다.

화무십일홍이라지만 그 향기 마음에 심어
영혼의 불꽃으로 피어납니다.

꽃이 햇살을 떠나 살 수 없고
새도 숲을 떠나 살 수 없듯이
달도 어둠을 떠나고 싶어도
떠날 수 없는 까닭이 있습니다
사랑하는 세상이 있기 때문입니다.

사랑은 달처럼 밤이 되면 다시 뜰 것입니다
이 밤에도 달빛은 빈 의자에 내려앉아 내 눈치만 살핍니다
눈물을 꾹 참고.

사랑의 전설

세월을 잡고
한 사람을 사랑했습니다
긴 어둠보다 더 긴
깊은 영혼 속에서
밤마다 생시처럼 꿈을 꾸었습니다.

오밤중이 넘어서자
날이 밝아 오는 빛이
내 마음 틈새를 비집고
숨소리처럼 들려옴을 느꼈습니다.

귀를 막아도
마음을 움켜쥐어도
새벽 닭은 울어댔습니다
이대로 눈을 뜨고 깨어나면
사랑이 사라질 것 같았습니다.

사랑하는 님이
하룻밤 풋사랑이라 여기며
슬퍼할지 모르겠지만
우리의 사랑이

죄짓는 일이 아니기를 소원합니다.

님의 이름을 밤새도록 부르며
내 이름을 메아리로 울리며
혼불보다 더 뜨겁게
그리워하고 사랑했노라고
진실이 시키는 대로 말하고 싶습니다.

천년을 하루처럼 노래하고
하루를 천년처럼 춤을 추는
사랑의 전설 앞에
빼놓지 않고 고백한 내 진실을
맑은 바람에 펼쳐 보니
하얀 구름 한 조각뿐입니다.

영혼의 거울 속에서
그게 죄가 될 수 없어
그 장맛비를 다 받아주었던
사랑의 흙처럼 생명처럼
당신을 믿고 싶습니다
그리고 절통하고 미약한
죄일 뿐입니다.

세상보다 큰 흔적

님의 목소리를 듣고
운명이라 여기며 비바람 맞던 들풀도
자유의 춤을 추었습니다.

님의 눈빛을 보고 숲속의 메아리는
목청 돋아 민주의 노래를 불렀습니다.

태양보다 더 뜨거운 민초들의 아우성은
역사의 불길로 타올랐습니다.

님의 숨결은 세상의 바람이었고
님의 흔적은 사라질 수 없는
하늘의 구름이었습니다.

님이 남긴 고행의 눈물은
냇물이 되고 강물이 되고 바다가 되어
생명의 뱃길이 되었습니다.

님의 길은 대한민국의 운명이었고
민족의 혼불이었고
인간의 생명이었습니다.

● 임영모 열두 번째 시집

자유였고 민주였고 정의였고 평화였고
사람의 사랑이었습니다.

엄동설한에도 님의 인동초를 품고
봄을 기다렸는데
이제는 무슨 꽃을 피워야 합니까.

기댈 언덕도 없고
그늘도 없습니다.

이제는 돌보는 이 없어도 끈질기게 살아가는
풀잎의 생명력처럼 불어오는 바람소리
님의 향기를 그리며 살아갑니다.

세상보다 큰 흔적을 잃었던 우리
하늘이 무너지고 땅이 꺼지는 그 날
님의 역사를 영혼에 담았습니다.

님이여
그렇게도 인고의 생을
살 수 있었던 님이여.

임영모 제12시집

바람의 얼굴

·

지은이 / 임영모
펴낸이 / 김재엽
펴낸곳 / **한누리미디어**
디자인 / 지선숙

·

121-840, 서울시 마포구 서교동 395-13 서원빌딩 2층
전화 / (02)379-4514, 379-4519
Fax / (02)379-4516
E-mail/hannury2003@hanmail.net

·

신고번호 / 제300-2006-61호
등록일 / 1993. 11. 4

·

초판발행일 / 2011년 12월 1일

·

ⓒ 2011 임영모 Printed in KOREA

값 10,000원

※잘못된 책은 바꿔드립니다.

·

ISBN 978-89-7969-407-9   03810